LY-NOOCK

1

Félines

JOKER EDITIONS

©JOKER EDITIONS • P&T Production SPRL
Avenue de Visé, 11 • 1170 Bruxelles • Belgique
Tél: +32 (02) 672 23 18 - Fax: +32 (02) 675 17 97
www.p-t-production.com
e-mail : ptpro@p-t-production.com

ISBN 2-87265-225-6
Dépôt légal 2003/5336/186
Premier tirage

Maquette de couverture : Alain Bietton - Héroufosse sprl
Imprimé à Tournai (Belgique) par Lesaffre
Relié à Courtrai (Belgique) par Delabie

SILENCE, FEMELLE! NOS LOIS SONT AINSI! TU DOIS TE SOUMETTRE!
A' MORT!
A' MORT!
MES SOEURS!...
ÉCOUTEZ MOI, TOUTES...
TAIS-TOI, LY-NOOCK!
REGARDE, NOS COMPAGNES ELLES-MÊMES TE RÉPUDIENT!.. LA COUTUME VEUT QUE TU TE SOUMETTES A' NOS LOIS... OU QUE TU MEURES SUR LE CHAMPS!
VOS LOIS... VOS LOIS NE SONT PAS BONNES!.. ELLES NE...
LY-NOOCK! VAS-TU OBÉIR!
OUI... POUR LE SOUVENIR DE MON FILS, ARHALK, LY-NOOCK... TU DOIS TE SOUMETTRE!..
AUCUN HOMME NE PEUT M'IMPOSER SA LOI ET M'OBLIGER A' DEVENIR SON ESCLAVE... MÊME PAR LA FORCE!
TES IDÉES SONT MAUVAISES POUR LE CLAN, LY-NOOCK! TU ES UNE MENACE POUR NOUS TOUS ET POUR TES SOEURS!
A'MORT!
SOUMETS-TOI, LY-NOOCK!

TUEZ-LA ! TUEZ-LA... MAINTENANT !
ZLAANG !
ALORS... TU VAS MOURIR, LY-NOOCK !
!
AVEC OU SANS CHEVEUX... VOUS ÊTES TOUJOURS AUSSI COURAGEUX POUR VOUS ATTAQUER À UNE FEMME !
ELLE S'ÉCHAPPE COMME UN FÉLIN !
SÉLÉNÉ... PROTÈGE-MOI !
CHTONK !
TU DEVRAS AFFRONTER DES HOMMES, LY-NOOCK... TU EN AIMERAS D'AUTRES...
QUI SONT CES HOMMES, SÉLÉNÉ ?!
TU LE DÉCOUVRIRAS TOI-MÊME... SOUVIENS-TOI TOUJOURS QUE TON BIEN LE PLUS PRÉCIEUX EST TA "LIBERTÉ" !
LA "LUNE RONDE" ET CERTAINES ÉTOILES TE PROTÈGENT ! RETIENS AUSSI TOUT CE QUE...
...JE T'AI APPRIS... TA VIE EN DÉPEND, LY-NOOCK !
SÉLÉNÉ AVAIT RAISON !
HOO !
2

À MORT ! À MORT !
OUI ! ELLE OFFENSE NOS DIEUX !
LY-NOOCK A BAFOUÉ NOTRE AUTORITÉ ! TUONS LA !
NON ! JE LA VEUX VIVANTE !!
SCHIIII !
AAAIIII !
JE L'AI EUE ! JE L'AI EUE !!
ELLE EST À MOI !!! SCHTUCK EST LE PLUS FORT !
HÉÉAAAH !
JE NE DOIS PAS M'ARRETER !
... NE PAS TOMB...
KRAAATCH

AAAAAH...!!
C'EST FINI!... ILS VONT M'ACHEVER!
OOH!!
GRRRR...
ELLE NE PEUT PLUS NOUS ÉCHAPPER!
A' MORT!
A' MORT!! TUONS L'INSOUMISE!
A' MORT "LY-NOOCK-LA-REBELLE!!
NON!!
NON! LA LOI DU CLAN ME PERMET DE LA PRENDRE COMME "NOUVELLE FEMELLE"!!
?
SCHTUCK... TU... TU LA VEUX?!?
MAIS... C'EST UNE... UNE SORCIÈRE!!

OUI, MOI SCHTUCK JE LA VEUX! LAISSEZ-LA MOI!...
MAIS... TU AS DÉJÀ QUATRE AUTRES FEMMES... ET.. CELLE-CI EST UNE.. HEU...
SCHTUCK SAURA LA MATER!!
SCHTUCK EN A DRESSÉ BIEN D'AUTRES!
AAAAH!
ÉCOUTEZ-LA!.. ELLE ACCEPTE DÉJÀ SON "MAÎTRE!..
ELLE RONRONNE... COMME UNE CHATTE...
RRRROONNN
JE TE SOUHAITE BIEN DU PLAISIR, SCHTUCK!
AHAHAH! JE VAIS DESCENDRE LA CHERCHER... AHAHAH! AH!
GRRRRooooooo
AAAAH?
5

GRRRR!!!...
HÉ!
QU'EST-CE... QUE..
AAAARGH!
MONSTRE!! LACHE MHORK!!! LACHE-LE!!
GRAAA!!!
HOUAAAH!
ELLE... ELLE M'A... AAH..
C'EST UN DÉMON... LY-NOOCK S'EST CHANGÉE EN FAUVE SANGUINAIRE... C'EST LY-NOOCK!!
SILENCE!! LÂCHES! IL N'Y A PAS DE DÉMON ICI!..
IL N'Y A QU'UN FAUVE APEURÉ ET LES MEILLEURS GUERRIERS DU CLAN!
JE VAIS PORTER TA TÊTE EN TROPHÉE, TUEUSE!!!

TU VAS PAYER LA VIE DE MHORK ET LE BRAS DE KAHARK!
ON VA LA SAIGNER ENSEMBLE!
AVEC MOI, VOUS AUTRES!
GRRRRRAVAAAAH!
!?!
HUUMF!
C'EST UN DÉMON!!
LES MAUVAIS DIEUX SONT SUR NOUS!
LY-NOOCK!

UN FAUVE A TUÉ MHORK... ARHUK ET KAHARK SONT BLESSÉS !
IL VA MOURIR !! SOIGNEZ MON GUERRIER !..
LE SORCIER! ALLEZ CHERCHER WA-RHOK LE SORCIER !!
SILENCE, FEMME ! JE SUIS LÀ !
ALORS, SCHTUCK ?!.. OÙ EST LE CADAVRE DE LY-NOOCK !?!
HEU... ELLE A... HEU.. ON N'A PAS PU...
QUOI !
PIÈTRES CHASSEURS !
MAUVAIS GUERRIERS ! VOUS ÊTES COMME DES FEMELLES... VOUS PARLEZ, VOUS PARADEZ, MAIS VOUS N'ÊTES QUE DES PLEUTRES !!.
NON !!..
..UNE SIMPLE FEMELLE N'A PU VOUS FAIRE ÇA !!
MAIS...
HGUODG !
8

OÙ EST LY-NOOCK ? QUE S'EST-IL PASSÉ ? PARLE !!
ON L'A BLESSÉE... ELLE EST TOMBÉE DANS UNE FOSSE DE CHASSE.. HEU... ON LA TENAIT... MAIS UNE PANTHÈRE A SURGI DU PIÈGE !... ELLE A TUÉ MHORK...
...ON L'A COMBATTUE !..ELLE A PRIS LE BRAS DE KAHARK !... SES YEUX.. ÉTAIENT CEUX DE LY-NOOCK !..
ET.. C'EST ELLE QUI VIENT DE TUER ARHUK !
C'EST LY-NOOCK QUI A TUÉ NOS GUERRIERS... COMME ELLE A DÉJÀ TUÉ ARHALK, VOTRE JEUNE CHEF ! ARHALK QUI DEVAIT LA PRENDRE POUR ÉPOUSE !... MAIS ELLE EST FEMME ET PANTHÈRE !! REGARDEZ... CES TRACES... CE SONT LES MÊMES QUI ONT TUÉ ARHALK !
ARHALK QUI DEVAIT COMMANDER LE CLAN... COMME L'A FAIT SON PÈRE UDHAR... QUI...
...LE PLEURE ENCORE !..
LY-NOOCK EST MAUDITE !!
NON, CE N'EST QU'UNE FEMELLE PEUREUSE COMME LES AUTRES ! JE SUIS LE MEILLEUR CHASSEUR DE LA TRIBU !! JE VAIS LA TRAQUER ET LA PRENDRE !!.. JE SOUMETTRAI CE "GIBIER" AUX LOIS DE NOTRE CLAN !
TU ES SURTOUT UN ANIMAL SANS CERVELLE, SCHTUCK ! TU NE SAIS PAS QUEL FAUVE TU VAS CHASSER !
LY-NOOCK EST UNE SORCIÈRE.. CRAIGNEZ-LA ! IL FAUT L'ANÉANTIR SELON NOS RITES... ALORS... SCHTUCK COMMANDERA AUX HOMMES !.. TU ME LA RAMÈNERAS ET...
..JE LUI ÔTERAI SES POUVOIRS MALÉFIQUES !
OUI... ET ELLE SERA MA FEMME !
AH ! AH ! TANT QUE J'AURAI BESOIN DE VOUS DEUX !!

9

PATIENCE, GRAND BHA'LAÄCK !.
...TU RETROUVERAS TA VRAIE PLACE ICI..! TU VAS BIENTÔT AVOIR TES OFFRANDES!
DÈS DEMAIN NOUS TE SACRIFIERONS LES FEMMES DE MHORK ET ARHUK! LE TOUR DE LY-NOOCK VIENDRA...
LY-NOOCK... TON JOUR VIENDRA!...
QUI ES-TU?
LE CLAN NE T'A JAMAIS ADORÉ...
JE SENS LE MAL EN TOI...
ES-TU LE MAUVAIS DIEU DONT M'A PARLÉ SÉLÉNÉ?!
SÉLÉNÉ...
C'EST NOTRE DERNIER CYCLE DE LUNE ENSEMBLE, LY-NOOCK!
TU VAS ENTRER DANS UN MONDE OÙ LES FEMMES SONT SOUMISES... ET "REPRODUCTRICES"!.
N'ACCEPTE JAMAIS CELA LY-NOOCK!..
JE T'AI APPRIS BEAUCOUP DE CHOSES... SACHE LES UTILISER!...
NE LAISSE AUCUN HOMME T'IMPOSER SA LOI... TON CORPS ET TON DESTIN N'APPARTIENNENT QU'À TOI!
POURQUOI NOUS SÉPARER SÉLÉNÉ?! NE POUVONS-NOUS CONTINUER A VIVRE ENSEMBLE?!
VA, LY-NOOCK... AMHIL T'ATTEND... ELLE SAIT!
PARCE QUE C'EST AINSI.. QUE LES DIEUX L'ONT VOULU!.. REGARDE LES RUNES... LY-NOOCK...
...TU ES ENTOURÉE DE BONNES CHOSES... TU ES PROTÉGÉE... IL Y EN A AUSSI DE MAUVAISES!

SÉLÉNÉ!
VIENS, LY-NOOCK, VIENS!
LES SAISONS PASSÈRENT... LY-NOOCK FAISAIT PARTIE DU CLAN DES SOURCES... ELLE ÉTAIT PROMISE À ARHALK, LE FUTUR CHEF, FILS DE UDHAR ET AMHIL...
LY-NOOCK... OÙ TE CACHES-TU?
IL Y A QUELQUES LUNES, ARRIVA WA-RHOK... SE DISANT "SORCIER-AUX-GRANDS-POUVOIRS"...
WA-RHOK ÉTABLIT AUSSITÔT SON AUTORITÉ SUR LA TRIBU ET DÉCRÉTA DE NOUVEAUX RITES, DE NOUVELLES LOIS.
SEUL, ARHALK SE DÉFIAIT DE LUI...
WA-RHOK SE MOQUE DE NOUS TOUS! IL EST TRÈS DANGEREUX POUR LE CLAN!
MAIS.. C'EST UN GRAND SORCIER! IL A TUÉ CE MONSTRE QUI ORNE SA HUTTE!
...IL EST PUISSANT... IL FAUT DE GRANDS POUVOIRS POUR VAINCRE UN TEL ANIMAL!
OUI... PEUT-ÊTRE... MAIS JE LE SOUPÇONNE D'AUTRE CHOSE ?!
IL A IMPOSÉ AUX HOMMES DE SE RASER LE CRÂNE... SEULES LES FEMMES ONT GARDÉ LEUR CHEVELURE. ET TOUT ÇA...
...POUR MARQUER LA DIFFÉRENCE ET LA SUPÉRIORITÉ DES HOMMES!!
BAH... DEMAIN TU SERAS MA FEMME, LY-NOOCK ET JE SERAI LE NOUVEAU CHEF DU CLAN, APRÈS MON PÈRE...
NE PENSONS PLUS QU'À CELA!
...JE T'AIME, ARHALK... MAIS POURQUOI CE MARIAGE... TU SAIS...
...BIEN QUE JE VEUX RESTER LIBRE... LIBRE DE...
OH! TOI, TU VAS ENCORE INVOQUER SÉLÉNÉ... IL FAUT TE PLIER À NOS COUTUMES, LY-NOOCK!

11

ET.. ARRÊTE DE FAIRE LA TÊTE !
ALORS... EMMÈNE-MOI À LA CHASSE DEMAIN... DIS TU VEUX !!?
NON, LY-NOOCK !
TU NE PEUX Y PARTICIPER... C'EST UNE CHASSE D'INITIATION... LES FEMMES N'Y SONT PAS ADMISES !
ET... BIEN SÛR WA-RHOK L'INTERDIT !!
CACHE BIEN CECI... ET GARDE-LE TOUJOURS SUR TOI... AINSI, WA-RHOK NE POURRA RIEN CONTRE TOI !
?
CE SOIR, LY-NOOCK SERA L'ÉPOUSE D'ARHALK, NOTRE NOUVEAU CHEF !..
Ô DIEUX... DONNEZ À NOS CHASSEURS LA FORCE ET LE COURAGE DES FAUVES ! QUE CETTE CHASSE FASSE D'ARHALK LE GRAND CHEF ET LE MEILLEUR DES CHASSEURS DU CLAN !
ALLEZ, GUERRIERS !.. C'EST UN NOUVEAU JOUR POUR NOTRE COMMUNAUTÉ !
LY-NOOCK N'ÉTAIT PAS LÀ POUR MON DÉPART... OÙ PEUT-ELLE ÊTRE ?
POURQUOI BOUDE-T-ELLE ENCORE ?
12

LY-NOOCK FAIT CE QU'ELLE VEUT, ARHALK!
ET... JE NE DOIS PAS ME FAIRE DOMINER!
MA LIBERTÉ... SÉLÉNÉ... CONSEILLE-MOI... PROTÈGE-MOI!
LÀ...! JE L'AI VU!
IL EST À MOI!
ARHALK TE TIENT, ANIMAL!!
MAIS?!!
C'EST TOI!... QUE FAIS-TU ICI? QUE... QUE?!
AAARRGGH!
HO!
ARHALK!! ARHALK?.. QUE... QUI...
13

MON FILS!.. MON FILS!..
QUI L'A TUÉ?
ARHALK! NON! NON!
C'EST UN FAUVE... IL LUI A ARRACHÉ LE COEUR!
NOUS N'AVONS RIEN VU!... ARHALK A PROUVÉ SA VAILLANCE!
LES DIEUX L'ONT VOULU AINSI!
ARHALK AURAIT DÛ ÊTRE UN GRAND CHEF!... LES DIEUX EXIGENT UN NOUVEAU SACRIFICE!!
ARHALK... OH! ARHALK NON!
LY-NOOCK REJOINDRA ARHALK CAR ELLE LUI ÉTAIT PROMISE! ELLE DOIT L'ACCOMPAGNER FIDÈLEMENT JUSQUE DANS LA MORT!
JAMAIS! CE NE SONT PAS NOS RITES!!! JAMAIS NOUS N'AVONS FAIT ÇA!
LES DIEUX ME PARLENT ET ME DICTENT LEURS VOLONTÉS! SINON... ILS NOUS MAUDIRONT!
...LES DIEUX ME COMMANDENT... COMME
ILS M'ONT DONNÉ LE POUVOIR DE VAINCRE CE MONSTRE!
UDHAR! TON FILS EST MORT! MAIS TU ES SAGE! TU ES NOTRE VIEUX CHEF! TU NE PEUX ACCEPTER ÇA!
WA-RHOK SEUL CONNAIT LES DIEUX... ET TOUS DOIVENT L'ÉCOUTER ET OBÉIR!
NON!.. JE REFUSE SES LOIS!!! PERSONNE NE CHOISIT MA VIE!..VOUS TOUS... RENIEZ CES LOIS STUPIDES.. COMME CELLE DE SE RASER LE CRÂNE POUR NE PAS RESS...
SILENCE, FEMME! SI TU REFUSES DE TE SOUMETTRE, C'EST TOUT LE CLAN QUE TU METS EN PÉRIL!!!
EMPAREZ-VOUS D'ELLE!! QU'ELLE ACCOMPAGNE ARHALK DANS SA GRANDE CHASSE!!
14

TOUT S'EST PASSÉ SI VITE !... CETTE FUITE.. CE PIÈGE ...ET HOUUCH... CETTE BLESSURE...
ME SOIGNER ET PUIS CONTINUER MON CHEMIN..OU AFFRONTER WA-RHOK ? CE N'EST PAS MON CLAN...AMHIL N'EST PAS MA MÈRE.. ...MAIS ELLE M'A ACCEPTÉE COMME SA FILLE...
WA-RHOK IMPOSE SES LOIS !
LA FUTURE FEMME DE SON FILS... ARHALK !
AMHIL ET LES FEMMES DU CLAN SONT HUMILIÉES !
JE DOIS AIDER AMHIL ET MES SOEURS... DÉFIER WA-RHOK... SAVOIR CE QU'IL CACHE !!!
TOI...TU ES SON DIEU...ARHALK ME L'A DIT...C'EST TOI QUI DICTES CES RITES !.
JE TE COMBATTRAI AUSSI !
SÉLÉNÉ... OH SÉLÉNÉ...TU M'AS TELLEMENT APPRIS ! OÙ ES-TU À PRÉSENT ?
J'AURAIS TANT BESOIN DE TON SAVOIR... POURQUOI NE M'AS-TU JAMAIS PARLÉ DE MES VRAIS PARENTS ?
TU AVAIS PEUR DE MES QUESTIONS !... POURQUOI ? POURQUOI ?
SÉLÉNÉ RAJOUTERAIS DE LA SALIVE POUR...
...ACCÉLÉRER LA GUÉRISON !
SÉLÉNÉ TU AS ÉTÉ POUR MOI COMME MA MÈRE...JE VOUDRAIS TELLEMENT CONNAITRE "CES OMBRES SUR MON PASSÉ" !!
JE VAIS LAISSER PASSER LA NUIT... JE DOIS ISOLER WA-RHOK POUR L'AFFRONTER SEULE... AVEC CE QUE M'A ENSEIGNÉ SÉLÉNÉ !..
OUI... AGIR... MAIS AGIR SEULE... NE COMPTER QUE SUR MOI-MÊME.. N'Y A-T-IL PAS UN SEUL DIEU POUR M'AIDER ?!!

MHORK ET ARHUK, VOS ÉPOUX SONT MORTS...
SELON NOS LOIS, COMME AUCUN AUTRE GUERRIER DU CLAN NE VOUS VEUT POUR FEMELLE... VOUS ALLEZ REJOINDRE VOS GUERRIERS !
VOTRE SACRIFICE RACHÈTERA NOTRE CLAN AUPRÈS DES DIEUX !
QU'ON LES DONNE AU GRAND FLEUVE !!
A TOI, SCHTUCK, DE RAMENER LY-NOOCK ! SI ELLE VIT ENCORE... ELLE SERA TA FEMME !.. ALLEZ !
DÈS QU'ON LA VOIT... ON LA TUE.. CETTE SORCIÈRE !
NON !! PERSONNE NE LA TUERA !!
JE LA VEUX POUR FEMME ! ELLE EST A MOI !!
PLAAF !
MAIS... NOTRE SORCIER DIT.. QUE..
WA-RHOK DIT QUE JE COMMANDE ! ET... VOUS DEUX VENEZ AVEC MOI..
LES AUTRES CHERCHEZ PAR LA ! ALLEZ !.. ELLE N'A PU ALLER LOIN !
TROP D'ANIMAUX MENACENT !.. ELLE NE PEUT SURVIVRE LONGTEMPS LOIN DES FEUX DU CLAN !
?
16

QUE... LÀ-HAUT!.. C'EST ELLE!
LY-NOOCK... JE L'AI VUE!..
NON... C'EST UN GRAND KOLRA!
HO!
IL EST MORT!
REGARDEZ... CES BLESSURES!
COMME ARHALK!.. COMME ARHUK..
ET COMME MHORK!!
C'EST LY-NOOCK QUI...
MAIS... SCHTUCK COMMANDE..
C'EST UNE SORCIÈRE!. FUYONS!..
IL NE COMMANDE PAS À LA SORCELLERIE!
ON L'A VUE!...ELLE ELLE A TUÉ UN GRAND SERPENT AVEC SES GRIFFES!
...ET ELLE A DISPARU!
ELLE VA NOUS TUER... COMME LES AUTRES...! C'EST UNE SORCIÈRE!
LÂCHES! REVENEZ!! LÂCHES!
FEMELLES!!! NON! LY-NOOCK N'A PAS DE POUVOIRS!
WA-RHOK SAURA ME DONNER DE QUOI EN FAIRE MA FEMME... ET...
JE LA POSSEDERAI ENFIN!!
NON SCHTUCK! NON...NI TOI, NI UN AUTRE! JE CHOISIRAI MOI-MÊME CELUI QUI SERA MON HOMME!!
17

POUAH ! INFECT ! MAIS C'EST NÉCESSAIRE ! MA SEULE CHANCE DE M'EN SORTIR VIVANTE EST DANS CE BREUVAGE !
...ET POUR AFFRONTER LES POUVOIRS MALÉFIQUES DE WA-RHOK !
NOTRE SORCIER VEUT VRAIMENT LY-NOOCK !
SCHTUCK AUSSI...MAIS PAS POUR LE MÊME USAGE !
LES DROGUES DU SORCIER SONT TRÈS PUISSANTES ! WA-RHOK MANIPULE CET IMBÉCILE DE SCHTUCK !..
UDHAR N'EST PLUS LE GRAND CHEF QU'IL ÉTAIT... C'EST UN VIEILLARD AFFAIBLI QUE WA-RHOK PEUT DOMINER À SA GUISE !
AMHIL, ELLE, PEUT M'AIDER... C'EST UNE FEMME.. ET ELLE N'A JAMAIS ACCEPTÉ LES NOUVELLES LOIS...
SILENCE, AMHIL, C'EST MOI... LY-NOOCK !
HO ! LY-NOOCK !.. WA-RHOK ASSURE QUE TU TE CHANGES EN PANTHÈRE...
...POUR TUER NOS CHASSEURS !
JE NE SUIS PAS UNE SORCIÈRE... ET WA-RHOK VA TE LIVRER À SCHTUCK QUI DEVIENDRA LE NOUVEAU CHEF DU CLAN !
ENSUITE...
...TU SERAS SACRIFIÉE !
SCHTUCK...!? NOTRE CHEF !?. CET OURS SANS CERVELLE !.. UN OURS QUI APPLIQUE NOS LOIS ET NOS RITES !...
...CES LOIS QUE TU REFUSES, LY-NOOCK !
JE LES REFUSE PARCE QU'ELLES FONT DE NOUS DES ANIMAUX SOUMIS À VOS VOLONTÉS ! UDHAR !
DIS-LE TOI, AMHIL QUE TU ES D'ACCORD AVEC MOI... POURQUOI ACCEPTES-TU D'ÊTRE TRAITÉE AINSI ?!
WA-RHOK DÉCIDE DE NOS VIES... SI NOUS, LES FEMMES NE NOUS SOUMETTONS PAS !!.
LY-NOOCK !?
COMMENT A-T-ELLE PU ENTRER JUSQU'ICI ?... PEU IMPORTE... ELLE NE SORTIRA PAS VIVANTE !

CES LOIS SONT STUPIDES ! ELLES NE SIGNIFIENT RIEN !
ELLES SONT DICTÉES PAR NOS DIEUX !
TU NE DOIS PAS LES CONTESTER !
NOS DIEUX N'ONT JAMAIS DEMANDÉ DE RASER LE CRÂNE DES HOMMES POUR MARQUER LEUR SUPÉRIORITÉ SUR LES FEMMES. NOS DIEUX N'ONT JAMAIS DIT DE SACRIFIER LES FEMMES D'UN GUERRIER MORT... COMME SI ELLES N'ÉTAIENT QU'UN "OBJET" DE CE GUERRIER !
QU'EN SAIS-TU, LY-NOOCK !?.. WA-RHOK EST NOTRE SORCIER... IL PARLE AUX DIEUX !..
IL SAIT !..
..À MOINS QUE TE NE SOIS VRAIMENT UNE SORCIÈRE !
COMMENT LUI DIRE QUE JE NE SUIS PAS UNE... SORCIÈRE... MAIS QUE JE CONNAIS CERTAINS SECRETS !?
ALORS... DEMANDE À TA FEMME SI ELLE EST PLUS HEUREUSE MAINTENANT !
TU ESSAYES DE JETER LE TROUBLE DANS NOS ESPRITS !..OUI !.. TU ES BIEN LA SORCIÈRE DONT PARLE WA-RHOK !
BIEN PARLÉ UDHAR !
WA-RHOK SERA CONTENT !
HO! SCHTUCK.. JE...N..
JE SUIS HEUREUX DE TE RETROUVER LY-NOOCK !
HAAAOUI !
PLAFFF !
ÇA..UNE SORCIÈRE !! AH! AH! AH! SCHTUCK L'A MATÉE D'UNE SEULE MAIN !
AH! AH! AH! LA PANTHÈRE EST UN CHAT SANS GRIFFE !
NE LUI FAIS PAS DE MAL... SCHTUCK !
UDHAR ! RAPPELLE TA FEMME...
...QUI OSE DONNER DES ORDRES AU NOUVEAU CHEF DU CLAN !!!
VLANN !!
19

OOH... J'AI MAL... QUE...
QUE OÙ... ?!
NON... NON... NE LUTTE PAS LY-NOOCK !..
TES PENSÉES S'ENDORMENT... ENTENDS LES ORDRES DES DIEUX... LY-NOOCK !
...JE SUIS TA VOLONTÉ !
CES FUMÉES ENTRENT DANS TON CORPS... ELLES T'AFFAIBLISSENT... C'EST MAINTENANT MA VOLONTÉ QUI TE COMMANDERA PAR MA VOIX... CE SONT LES DIEUX QUI T'ORDONNENT DE M'OBÉIR !..
...TU ES COMPLÈTEMENT SOUMISE ! TU ES REDEVENUE UNE SIMPLE FEMELLE... TU SERAS L'ÉPOUSE DE SCHTUCK... ET OFFERTE AUX DIEUX ! TU OUBLIES TON PASSÉ... LES DIEUX LE VEULENT ! ACCEPTE DE LEUR ÊTRE SACRIFIÉE !...
TU LE VEUX... ET TU LE DIS !
DIS-LE, LY-NOOCK !
DIS-LE !
HHUMM !..
OUIIIAAAARRRHH !
HÉ.. QUE S'EST-IL PASSÉ... HEU.. POURQUOI CRIAIT-ELLE ?
LY-NOOCK ÉTAIT AVEC LES DIEUX ! DÉSORMAIS ELLE EST SOUMISE !
JE LUI AI ÔTÉ TOUS SES POUVOIRS !
OH... MA TÊTE... NE PAS ME TRAHIR... ET CONTINUER À FEINDRE... ME MONTRER TELLE QU'ILS LE VEULENT...
20

DEMAIN, SCHTUCK, TU SERAS INTRONISÉ COMME CHEF DE CE CLAN... ET LY-NOOCK SERA TA NOUVELLE FEMME !..
BOIS... BOIS ENCORE DE CETTE POTION QUI TE...
...RENDRA PLUS FORT !
MAINTENANT LY-NOOCK DOIT ME DIRE OÙ ELLE A DISSIMULÉ "BHA-LAÄCK !"
SA PERTE ME NUIT ET M'EMPÊCHE D'ATTEINDRE MON BUT !
LY-NOOCK... JE VEUX QUE TU ME RÉVÈLES OÙ TU AS CACHÉ LA STATUETTE DE "BHA-LAÄCK" !
DONNE-LA MOI ! LY-NOOCK... TU ES SOUMISE !
PARLE !.. LY-NOOCK !! PARLE !!!
JE NE DOIS PAS ME... TRAHIR... OH... MA TÊTE...
JE NE... SAIS PLUS... JE... JE SUIS SI FATIGUÉE... JE NE SAIS PLUS... LA... LA... STATUETTE EST RESTÉE... DANS...
..DANS LA FORÊT !
DANS LA FORÊT ?!
HUMM... ...ELLE EST ENCORE INCONSCIENTE... LAISSONS-LA DORMIR... DEMAIN...
...OUI DEMAIN...
ELLE SERA PLIÉE À... NOS DÉSIRS !
21

CETTE NUIT... LES DIEUX M'ONT PARLÉ!
ILS M'ONT DICTÉ LEURS VOLONTÉS!
SCHTUCK SERA NOTRE NOUVEAU CHEF! ET LY-NOOCK SA NOUVELLE FEMME...
LY-NOOCK EST REVENUE... LIVRÉE PAR SCHTUCK... QUI A SU VAINCRE SES MALÉFICES!
MAIS... C'EST UNE SORCIÈRE!.. ELLE VA NOUS TUER COMME ELLE A TUÉ LES AUTRES!
NON! LY-NOOCK N'A PLUS DE PUISSANCE!.. LES DIEUX LUI ONT REPRIS TOUS SES POUVOIRS!
C'EST DÉSORMAIS UNE FEMELLE PARMI LES AUTRES!!
ENSUITE, LY-NOOCK SERA SACRIFIÉE À NOS DIEUX... COMME ILS L'ONT DEMANDÉ!!
TELLE EST LEUR DÉCISION!
QUI SONT CES DIEUX DONT TU PARLES? NOUS AVONS TOUJOURS ADORÉ DES DIEUX BÉNÉFIQUES POUR LE CLAN... VEULENT-ILS VRAIMENT SCHTUCK POUR NOUS COMMANDER?... ET POURQUOI N'AURAIS-JE PAS LY-NOOCK, MOI?
NUL NE ME PRENDRA CE QUE LES DIEUX M'ONT DONNÉ!
HUM.. CET IMBÉCILE VA CONTRE LA VOLONTÉ ET LES DÉSIRS DES DIEUX...
C'EST TON ENNEMI.. SCHTUCK... IMPOSE-TOI AU CLAN!.
OU TU NE SERAS JAMAIS LEUR CHEF!
TU AS RAISON, L'HOMME!
NE SOYONS PAS RIVAUX...
POURQUOI LY-NOOCK M'A ÉTÉ ACCORDÉE À MOI...?
WA-RHOK L'A DIT!.. CE SONT LES DIEUX QUI M'ONT CHOISI... ET QUI M'ONT DÉSIGNÉ POUR FAIRE DE LY-NOOCK...
UNE VRAIE FEMME!

ON NE S'OPPOSE PAS AUX DIEUX !.. ILS PROTÈGENT NOTRE CLAN PAR...
MA MAIN !.. ET
HOOURG !
CKLARAATCH !
MA MAIN.. PUNIRA QUICONQUE S'OPPOSERA A' NOS DIEUX !
SCHTUCK EST NOTRE CHEF ! NOTRE PROTECTEUR !
SCHTUCK EST NOTRE GUIDE ! SCHTUCK ! SCHTUCK ! SCHTU
SCHTUCK ! SCHTUCK !
SCHTUCK EST UN GRAND CHEF !
WA-RHOK EST UN GRAND SORCIER !
WA-RHOK ! WA-RHOK !
SCHTUCK ! SCHTUCK ! SCHTUCK !
TU ES PUISSANT, MAINTENANT, SCHTUCK ! MAIS NE PERDS PAS LY-NOOCK DE VUE... ET.. DÈS..
..QUE TU L'AURAS POSSÉDÉE NOUS LA TUERONS !
MAIS... JE CROYAIS QU'ELLE ÉTAIT A' NOTRE MERCI !?
N'OUBLIE PAS QU'ELLE FUT UNE SORCIÈRE ! MES POUVOIRS SONT GRANDS... ...MAIS LES SIENS ÉTAIENT... HUM..SURPRENANTS !
23

ET.. VOICI LA BOISSON DES DIEUX!!! QUE NOTRE CHEF Y PUISE SA FORCE!!
LONGUE VIE A' WA-RHOK!
LONGUE VIE A' SCHTUCK!
GLOOU!..
WA-RHOK LES TIENT AVEC CETTE DROGUE... LES HOMMES SONT A' SA MERCI!..IL LES MANOEUVRE COMME IL MANIPULE SCHTUCK!
JE NE PEUX ESPÉRER L'AIDE DE PERSONNE...
OU... PEUT-ÊTRE... AMHIL... MAIS C'EST UNE VIEILLE FEMME... QUE PEUT-ELLE CONTRE TOUS?
ET LES AUTRES FEMMES SONT BIEN TROP SOUMISES!
VIENS, FEMME!..
...LE MOMENT EST VENU D'ÊTRE VRAIMENT A' MOI!
VOYEZ!.. LY-NOOCK... CETTE JEUNE VIERGE VA CONNAITRE LA FORCE ET LA PUISSANCE D'UN MÂLE!..
C'EST AINSI QUE NOS FEMELLES DOIVENT NOUS SERVIR!
HA! HA! HA! JE LES TIENS! ILS SONT TOUS SOUS MON EMPRISE!
BHA-LAA'CK SERA CONTENT! ...MAIS JE DOIS RETROUVER SA PRÉCIEUSE STATUETTE...
LY-NOOCK ASSURE L'AVOIR LAISSÉE DANS LA FORÊT... MAIS OÙ?
...ET... SI ELLE M'AVAIT MENTI?..
...SE POURRAIT-IL QUE MES DROGUES N'AIENT PAS AGI SUR ELLE? A' MOINS QUE...?!?

VOICI TON NOUVEAU DOMAINE, LY-NOOCK!... JE SUIS TON MAÎTRE! JE VAIS TE DONNER PLUS QUE NE T'AURAIT DONNÉ ARHALK!
HOOH!
TU ES BELLE, LY-NOOCK! AH! AH!..
...TRÈS BELLE! CET IMBÉCILE D'ARHALK SE CROYAIT TON ÉPOUX.. ALORS QUE C'EST MOI QUI VAIS T'ARRACHER TA DERNIÈRE DÉFENSE!..
NON!! NON, SCHTUCK! NON!
MAIS... MAIS.. JE TE CROYAIS DOCILE ET SOUMISE!?
ÇA NE SERA QUE MEILLEUR!.. ET...
...ENSUITE, WA-RHOK TE REDONNERA DE SA POTION!..
NON! JE NE VEUX PAS NON!
NON! TU NE M'AURAS PAS! JE DÉCIDE DE QUI M'AIME... TU N'ES PAS CELUI-LÀ CHIEN!..
AIDEZ MOI, VOUS AUTRES!..
DE QUOI AVEZ-VOUS PEUR?!
AH! AH! ELLES NE BOUGERONT PAS!!! JE LES AI MATÉES COMME JE VAIS TE MATER!
JE VAIS PLANTER MON ÉPIEU DANS TON DERNIER TROPHÉE!!
HAARR!
FEMMES!.. LES HOMMES VOUS TRAITENT PIRE QUE DES BÊTES!..
AVANT WA-RHOK, VOS GUERRIERS VOUS RESPECTAIENT!
VOUS ÊTES DEVENUES DES LARVES!.. IMPOSEZ-VOUS! FAITES-VOUS RESPECTER!
HAARGH! GARCE! VAS-TU TE TAIRE!! SALE FEMELLE!!! JE TE PRENDRAI QUE TU LE VEUILLES OU NON! TU ES À MOI!! TU M'APPARTIENS COMME TOUT CE QUI EST ICI!!!
VLOOTCH!
25

COMME ÇA, TU NE TE REBELLERAS PLUS... JE VAIS TE CASSER !
TU VAS ÊTRE MON OUTIL DE PLAISIR !
WA-RHOK M'AIDERA PAR SES POTIONS À TE POSSÉDER !
ENSUITE... TU REJOINDRAS ARHALK AUPRÈS DES DIEUX !..
FEMELLES, VOICI CE QUI VOUS ARRIVERA SI VOUS N'OBÉISSEZ PAS À VOTRE MAÎTRE ! TOUTE REBELLION DE VOTRE PART SERA PUNIE DE MORT !
LA FEMELLE QUI SE REFUSERA SERA SACRIFIÉE À NOS DIEUX !
TOI... VIENS ! CETTE CHIENNE M'A RENDU FOU !
TU VAS ME SATISFAIRE ET APRÈS JE M'OCCUPERAI D'ELLE POUR ME FINIR !
TU VAS VOIR... LY-NOOCK... TU VAS VOIR COMMENT ON SERT SCHTUCK !
RRRAA ! RRAAAH ! LY-NOOCK !..
GRR...
GRRRRR...
?
GRRR ?... MAIS... NON... CE N'EST PAS POSSIBLE... TU...
WA-RHOK T'A ENLEVÉ TES POUVOIRS ! TU... TU NE PEUX PAS...
GRR...
AAAH !! SORCIÈRE !.. TU N'EXISTES PAS... WA-RHOK T'A... VAINCUE !!!
GRRRRR !
AH ! NON... LY-NOOCK !... C'EST IMPOSSIBLE ! NON ! NON !
26

TOUT EST EN PLACE... À MON SIGNAL VOUS...
QUE SE PASSE-T-IL ?
AAAH !
DISPARAISSEZ PAR LE CHEMIN HABITUEL ON NE DOIT PAS VOUS VOIR ICI !
À MOI ! AIDEZ-MOI ! AIDEZ VOTRE CHEF ! LA PANTHÈRE EST REVENUE !
HO !
LÀ... LA... PANTHÈRE EST ICI !..
WA-RHOK... QUAND JE VOULAIS PRENDRE LY-NOOCK...
..ELLE M'A ATTAQUÉ !
PRENEZ VOS LANCES CHASSEZ CE FAUVE DU VILLAGE !
JE VOUS L'AI DIT !... LY-NOOCK N'A PLUS DE POUVOIRS !
UN SIMPLE ANIMAL A DÛ SE GLISSER DANS LA HUTTE DE SCHTUCK À NOTRE INSU !
CETTE HISTOIRE PEUT CASSER L'AUTORITÉ DE SCHTUCK SUR LES AUTRES... ET RUINER MES PLANS...
JE DOIS TROUVER QUELQUE CHOSE... VITE !
..IL N'Y A RIEN... LY-NOOCK N'A PAS BOUGÉ...
..SI, UNE PEAU !!
TU VOIS... SCHTUCK CE N'ÉTAIT QU'UNE VISION !..
LES DIEUX ONT VOULU DÉFIER SCHTUCK POUR SAVOIR S'IL ÉTAIT VRAIMENT UN GRAND CHEF !...
IL A SU RÉPONDRE À CETTE ÉPREUVE !.. QUAND LA LUNE SERA PLEINE, LY NOOCK REJOINDRA LES DIEUX !.. JE VAIS M'OCCUPER D'ELLE À PRÉSENT !!
SCHTUCK, SUIS-MOI !
27

SÉLÉNÉ... TU NE M'AS PAS TOUT APPRIS... QUI SONT MES VRAIS PARENTS?.. POURQUOI LES DIEUX VEULENT-ILS MA MORT?.. RÉPONDS-MOI!.. POURQUOI M'AVOIR MENTI?
SÉLÉNÉ... HO.. SÉLÉNÉ!
SÉLÉNÉ!?!. COMMENT ES-TU ENTRÉE DANS LE VILLAGE?!! MÉFIE-TOI... SCHTUCK... WA-RHOK... ILS VONT... TE...
CALME-TOI, LY-NOOCK! CES BRUTES SONT BIEN TROP OCCUPÉES... VOICI TON "PÈRE"... C'EST UN GRAND CHASSEUR ET UN GRAND GUERRIER... SÛREMENT LE MEILLEUR DE TOUS...
TU LE REVERRAS SOUVENT...
VIENS.. VIENS, AVEC NOUS, LY-NOOCK!
QUE FAIS-TU ICI, VIEILLE FEMME! ET TOI, QUI ES-TU!?! LY-NOOCK EST À NOUS DÉSORMAIS ET PERSONNE NE ME LA PRENDRA!
TUEZ-LES!!
CREVEZ, CHIENS!!
LES DIEUX VOUS APPELLENT!!
AARRGH!
LY-NOOCK!
LY-NOO...
NE PLEURE PAS LY-NOOCK... BIENTÔT LA LUNE SERA PLEINE!.. ALORS TU LES REJOINDRAS APRÈS QUE SCHTUCK...
...AI FAIT DE TOI SA FEMME!..
NON! NON! SÉLÉNÉ! OH! NON!
NON!!! NON! TUE-MOI MAINTENANT!
LAISSE-MOI RETROUVER SÉLÉNÉ... JE VEUX MOURIR!!
QUE LUI AS-TU FAIT BOIRE, WA-RHOK?! AVEC QUI PARLE-T-ELLE?.. CONTRE QUI SE BAT-ELLE??
UNE POTION.. TRÈS PUISSANTE!...ELLE COMBAT DES ESPRITS DISPARUS..
SON SOMMEIL SERA PROFOND JUSQU'EN MILIEU DE JOURNÉE...
MAINTENANT ELLE EST VRAIMENT À NOTRE MERCI!!

OOH SÉLÉNÉ...
TU AS BEAUCOUP PARLÉ DANS TON SOMMEIL... WA-RHOK T'A FAIT BOIRE UNE POTION CETTE NUIT...
SCHTUCK L'A TUÉE... MAIS.. QUE... OÙ EST SON CORPS ?..
IL NE FAUT PAS QUE JE CÈDE À SA DROGUE !
MELHIA... TOI QUI ES LA PLUS JEUNE ÉPOUSE DE SCHTUCK... IL FAUT QUE TU M'AIDES !!
TOI ET TES SŒURS NE DEVEZ PLUS ACCEPTER D'ÊTRE TRAITÉES AINSI !
MAIS... SCHTUCK ME TUERA... ET WA-RHOK EST UN GRAND SORCIER... SES POUVOIRS SONT IMMENSES !... JE...
NON ! FAIS-MOI CONFIANCE !.. WA-RHOK NE VEUT PAS LE BIEN DE LA TRIBU... IL VEUT AUTRE CHOSE !.. IL ADORE DES DIEUX QUI NE SONT PAS LES NÔTRES... ET SCHTUCK EST UN IMBÉCILE, MANŒUVRÉ COMME TOUS LES HOMMES
AIDE-MOI À ABATTRE WA-RHOK !! JE T'EN PRIE !
..MAIS... COMMENT ?..
JE CONNAIS AUSSI LES SECRETS DES PLANTES ET DE CERTAINS COQUILLAGES... MA CEINTURE ET MES SACHETS SONT RESTÉS DANS LA HUTTE DE WA-RHOK... TU VAS ALLER À LA RIVIÈRE... ET...
OUI, OUI, LY-NOOCK...
...JE TE RAPPORTERAI TOUT CE QUE TU M'AS DIT !
COURAGE, MELHIA... FAIS-LE.. C'EST POUR NOUS TOUTES !
TU AS DE BELLES FEMELLES, SCHTUCK... LES DIEUX T'ONT COMBLÉ... TIENS REGARDE CELLE-LÀ...
...SON ÂGE TE LAISSE... ENCORE DE BONS MOMENTS À PASSER AVEC ELLE !..
MAINTENANT QUE TU ES NOTRE CHEF.. TOUT T'EST PERMIS !..
HA ! HA ! HA ! OUI !. TOUT M'APPARTIENT !.. ET JE VOUS OFFRE MÊME CETTE JEUNE FEMELLE !.. AH ! AH ! AH ! ...
SUIVEZ MOI...
NOUS ALLONS LUI MONTRER "LES-ESPRITS-DE-LA RIVIÈRE" !
29

VIENS PAR ICI MA JEUNE FEMELLE !
?
NON ! SCHTUCK !
ALLEZ ! MONTRE A MES GUERRIERS COMMENT TU ME SATISFAIS !
ELLE EST A VOUS MES AMIS !..
PRENEZ-LA A VOTRE GUISE !
YAAH ! TU VAS CONNAITRE LA VIGUEUR DE MES HOMMES !
AH ! AH ! NOTRE CHEF T'OFFRE A NOUS !
NON !.. NON... SCHTUCK.. PAR PITIE ARRETE-LES !
A MOI ! A MOI
AAAHH !!..
LY-NOOCK M'A MENTI... ELLE NE PEUT AVOIR LAISSE LA STATUETTE DE BHA-LAACK DANS LA FORET... AURAIT-ELLE RESISTE A MES DROGUES ?
OU A-T-ELLE PU... A MOINS QUE... MAIS OUI...
A-T-ELLE FEINT ? C'EST POSSIBLE... BHA-LAACK M'AVAIT PREVENU QU'ELLE ETAIT... REDOUTABLE !
C'EST CELA... OUI ELLE ETAIT LA... SOUS MES YEUX !
AH ! TE VOILA "GRAND BHA-LAACK !"
JE N'AI QUE TROP PERDU DE TEMPS !!! BHA-LAACK ATTEND LE SACRIFICE DE LY-NOOCK !..
..ET MOI, J'ATTENDS MON DU !
SCHTUCK ET LES HOMMES DU CLAN SONT DEVENUS FOUS !
LY-NOOCK A RAISON...
JE DOIS L'AIDER A COMBATTRE CES BARBARES ET WA-RHOK !
H. Chéret
30

Ô... "GRAND BHA-LÀÀCK ! IL EST TEMPS DE RÉALISER TON VOEU..!!.. MOI, WA-RHOK, JE SUIS TON HUMBLE SERVITEUR !
BHA-LÀÀCK ! BHA-LÀÀCK ! BHA-LÀÀCK !
AINSI... TOUT EST PRÊT !.. J'AI BIEN TROP ATTENDU !
LY-NOOCK DOIT M'ÊTRE LIVRÉE ! CEUX QUI DEMANDENT SA VIE S'IMPATIENTENT ! TU DOIS RÉUSSIR... WA-RHOK ! DONNE-MOI LE COEUR ET LA VIE DE LY-NOOCK !
JE SERAI DIGNE DE TA CONFIANCE ! TU AURAS LA FEMME ET TU ME LIVRERAS CETTE TRIBU EN ESCLAVAGE !...
...MAIS
...POURQUOI LES DIEUX VEULENT-ILS LA VIE DE... LY-NOOCK ?... QU'A-T-ELLE FAIT ?!? POUR...
NE CHERCHE PAS À SAVOIR CE QUI APPARTIENT AUX DIEUX ! FAIS CE QUE JE TE COMMANDE OU...
..CRAINS MON COURROUX !!
BIEN... BIEN MAÎTRE !
...BHA-LÀÀCK... A DÉCIDÉ !... DEMAIN, APRÈS LE SACRIFICE DE LY-NOOCK...
CETTE TRIBU SERA ENFIN À NOUS !
TENEZ-VOUS PRÊTS ! JE DONNERAI À BOIRE AUX GUERRIERS UN PHILTRE AUX HERBES QUI ENDORMENT LES TÊTES... ET VOUS N'AUR...
WA-RHOK !! WA-RHOK... J'AI BESOIN DE TES POUVOIRS.. JE... JE...
HO !?

HÉ ?!?
MAIS... MAIS TU ES UN SCORW!!
SCHTUCK! QUI..TE..
QUE FAIS-TU DANS MA TRIBU!! TA PLACE EST AVEC LES DÉMONS! FILS DE HYÈNE!!
RETOURNE SOUS LA TERRE AVEC LES VERS DE TON ESPÈCE!
SCHLLAOUK..
HAARRG!
JE SUIS SCHTUCK!! LE PLUS GRAND DES GUERRIERS ET CHEF DE CE PEUPLE!!
IMBÉCILE! TU VAS TOUT COMPROMETTRE!
BOONG!
HOURG!
TA CHANCE EST GRANDE, SCHTUCK.. J'AI ENCORE BESOIN DE TOI!
NON!
TOI... RAMASSE TON FRÈRE ET DISPARAIT!
LORSQUE J'EN AURAI FINI AVEC CE CLAN..JE LE TUERAI MOI-MÊME!
OUI...TU ES UN GRAND GUERRIER, SCHTUCK!.. TES SONGES SONT CEUX D'UN GRAND CHEF COMBATTANT SES ADVERSAIRES!..
...CELUI QUI PROTÈGE SON CLAN EN DÉTRUISANT LES HOMMES DES AUTRES TRIBUS ENNEMIES!
TON ESPRIT INVENTE DES COMBATS OÙ TU ES VAINQUEUR!... COMME CELUI-CI, OÙ TU AS TUÉ UN SCORW!... MAINTENANT SCHTUCK, TU DOIS ME DONNER LY-NOOCK POUR ÊTRE CELUI QUE TOUS CRAIGNENT ET RESPECTENT!
OUI..OUI..JE SUIS UN GRAND CHEF!..OUI.. JE DOIS FAIRE DE LY-NOOCK UNE FEMME....ET TE LA DONNER...
POUR L'OFFRIR AUX DIEUX!
32

OOH!?...RAAAH!
QUE... OÙ EST LE SCORW!?! QUE...
TU AS RÊVÉ TOUT ÇA, SCHTUCK! PRENDS CE CRATÈRE ET DONNE À NOS HOMMES FORCE ET COURAGE!
RASSEMBLE LE CLAN... ET ANNONCE "LE GRAND SACRIFICE!"
LA LUNE EST PLEINE!
VOTRE CHEF A PARLÉ AUX DIEUX!
CEUX-CI LUI ONT ENVOYÉ UN SONGE DANS LEQUEL IL A VAINCU UN SCORW!... OUI... UN SCORW!!
DE CETTE TRIBU DE LA VALLÉE QUI DEPUIS DES LUNES VEUT VOUS ASSERVIR!... DE CETTE TRIBU QUI CRAINT VOTRE COURAGE ET VOTRE ADRESSE À LA GUERRE!
WA-RHOK SERA NOTRE GUIDE! NOUS SERONS UN GRAND PEUPLE! NOUS SOUMETTRONS LES AUTRES TRIBUS! AVEC CE BREUVAGE NOUS DOMINERONS LA MONTAGNE ET LA VALLÉE! NUL NE NOUS RÉSISTERA!...
WA-RHOK ET SCHTUCK SONT DEVENUS FOUS... NOUS ÉTIONS EN PAIX! LES FEMMES DU CLAN ÉTAIENT TRAITÉES EN ÉGALES!.. UDHAR..TU..
SILENCE, FEMME! NOTRE CLAN VA RETROUVER SA GRANDEUR D'AUTREFOIS... ENFIN..LES HOMMES DE CETTE TRIBU VONT SE COMPORTER...
COMME DE GRANDS GUERRIERS!
LE SOIR EST TOMBÉ SUR LE CLAN... CELUI-CI S'ENDORT AVEC DES RÊVES DE CONQUÊTES ABREUVÉS PAR LES POTIONS DU SORCIER...
ÉCARTEZ-VOUS, LES FEMELLES!
...LES DIEUX ME PROTÈGENT ET JE NE VEUX PAS LES DÉCEVOIR! NE TROUBLEZ PAS CE MOMENT QUI VOUS DÉPASSE!!
33

ALLEZ DORMIR AILLEURS, FEMMES ! JE SUIS AVEC LES DIEUX.. ILS M'OFFRENT CETTE VIERGE... JE LEUR RENVOIE SON ÂME !
LY-NOOCK TU VAS ENFIN CONNAITRE UN HOMME... UN VRAI...
...AVEC SCHTUCK !
NOTRE MOMENT EST VENU, LY-NOOCK ! NOTRE NUIT, PLUTÔT, CAR JE COMPTE BIEN PROFITER DE TOI ET FAIRE DURER LE PLAISIR !
JE SUIS.. MÊME CERTAIN QUE TU VAS Y PRENDRE GOÛT !.. AUCUNE FEMME NE S'EST PLAINTE DU GRAND SCHTUCK !!!
JE SUIS PROTÉGÉE... SCHTUCK !
TU RISQUES TA VIE EN FAISANT CELA !
HA! HA! HA! HA! TU N'ES PAS PLUS PROTÉGÉE QUE...
...N'IMPORTE QUELLE FEMELLE DU CLAN ! ET WA-RHOK T'A ENLEVÉ TOUS TES POUVOIRS ! AH! AH! AH!
CLAACH
ALLONS... LAISSE-TOI FAIRE, LY-NOOCK...
ET TU ME REMERCIERAS... AH! AH! AH!
TU L'AURAS VOULU, SCHTUCK ! TA BÊTISE EST ENCORE PLUS GRANDE QUE TES ENVIES !!
GARDE TON SOUFFLE POUR SOUPIRER DE PLAISIR, MA BELLE TU...
...NON !.. C'EST IMPOSSIBLE ! WA-RHOK T'A PRIS TOUS TES POUV...
NON !! AAARRHGH !!!
G. Chéret
34

HAAAARRGGH!!
TU ÉTAIS PRÉVENU, SCHTUCK!
ÇA T'A COÛTÉ LA VIE! JE CHOISIS SEULE CEUX QUI M'AIMENT!
POUR COMBATTRE WA-RHOK JE DOIS PORTER CES PEINTURES... COMME SÉLÉNÉ ME L'A ENSEIGNÉ...
ET MELHIA A BIEN FAIT DE ME RAMENER MES POUDRES ET VÊTEMENTS...
CETTE COULEUR SOUS L'ŒIL... CELLE-CI POUR LE VISAGE... BIEN PROLONGÉE COMME...
...LES GRIFFES D'UN FAUVE!
AH... SÉLÉNÉ
CES MARQUES PRÉVIENDRONT TES ENNEMIS QUE TU SERAS SANS PITIÉ... CAR TU AURAS EN FACE DE TOI DES HOMMES QUI NE TE LAISSERONT AUCUNE CHANCE!
POURQUOI?
...ME VOUDRAIT-ON DU MAL, SÉLÉNÉ? LES HOMMES NE SONT-ILS PAS TOUS BONS... COMME TOI MÈRE?
TA NAÏVETÉ EST LÉGITIME, LY-NOOCK... DE PLUS IL EST TEMPS QUE TU SACHES... JE NE SUIS PAS TA MÈRE!
MAIS... ALORS QUI?... OÙ EST MA VRAIE MÈRE? COMMENT EST-ELLE?
TA MÈRE ÉTAIT TRÈS BELLE QUAND ELLE A RENCONTRÉ LE PLUS GRAND DES CHASSEURS! LES DIEUX FURENT JALOUX ET ENTRÈRENT DANS UNE COLÈRE DESTRUCTRICE!...
TES PARENTS ONT PAYÉ TRÈS CHER LEUR FAUTE DE S'AIMER!
COMMENT SAIS-TU TOUT CELA? TU AS CONNU MA MÈRE?
OUI... JE SUIS SA SŒUR! TON PÈRE TE CONFIA À MOI, AVANT DE MOURIR SOUS LES FLÈCHES DE... DE... JE NE PEUX LE DIRE... SACHE QUE JE DOIS T'APPRENDRE À TE DÉFENDRE SEULE, CAR, JE NE SERAI PAS TOUJOURS LÀ POUR TE PROTÉGER!
HO! TU VAS ME LAISSER?... MAIS JE NE SUIS QU'UNE ENFANT!
ET JE NE SAIS PAS TOUT... CERTAINES CHOSES SONT DEVANT MOI... JE COMPRENDS QUE WA-RHOK A D'AUTRES RAISONS QUE CES PRÉTENDUS RITES... POUR EN VOULOIR AUTANT À MA VIE!?!

Y. NOOCK

OUI, TU M'AS APPRIS BEAUCOUP, SÉLÈNE... MAIS TU NE M'AS JAMAIS DIT QUI AVAIT TUÉ MON PÈRE ?..
ET SURTOUT QU'EST DEVENUE MA MÈRE ?
J'AURAI UN JOUR CES RÉPONSES !
COMME JE SAURAI POURQUOI J'AI L'ÉTRANGE...
...SANSATION QUE LA NUIT ET LA LUNE ME PROTÈGENT...
ET POURQUOI CE GROUPE D'ÉTOILES SEMBLE ÊTRE AVEC MOI ?!
J'AURAI TOUTES CES RÉPONSES... QU'IMPORTE LA FIN... QUE CE SOIT PARMI LES MORTELS..
OÙ CHEZ LES DIEUX !
LY-NOOCK !.. MAIS.. SCHTUCK... LA DROGUE !..
CES PEINTURES... QUE...
SCHTUCK EST MORT... ET MOI AUSSI JE CONNAIS LES SECRETS DES HERBES DE LA FORÊT !
QUANT À CES PEINTURES... ELLES SONT LES MARQUES DE MA VOLONTÉ !..
DE T'ENVOYER REJOINDRE SCHTUCK CHEZ TES DIEUX DE MORT !!
CES PEINTURES NE TE RENDENT PAS...
..INVULNÉRABLE, LY-NOOCK ! MOI AUSSI JE SAIS MANIER...
..D'AUTRES ARMES QUE...
...LES PHILTRES ET LES SORTS !
DÉFENDS-TOI, TUEUR ! CAR DEMAIN LE SOLEIL BRÛLERA TON CADAVRE !
TU PARLES TROP, FEMELLE ! LES QUESTIONS SE BOUSCULENT DANS TA TÊTE... ES-TU MAUDITE DES DIEUX ?.. POURQUOI CES PEINTURE ?... QUI SONT TES PARENTS ? AH ! AH ! AH !
TAIS-TOI ! TU N'EN SAIS PAS PLUS QUE...
..MOI !

QUI SAIT ?!.. OÙ SONT TES PARENTS.. ET SÉLÉNÉ ?!
ET... CETTE PANTHÈRE ! ?
LA PANTHÈRE !.. OUI... LA PANTHÈRE QUE SAIS-TU D'ELLE ?!
JE SAIS QUE CE FAUVE EST TA... FAIBLESSE ET...
..ET QUE CETTE FAIBLESSE VA...
HOUTCH !
ÊTRE TA PERTE... PETITE PRÉSOMPTUEUSE !
...CAR JE N'EN SAIS PAS PLUS QUE TOI... ET CERTAINES RÉPONSES RESTENT LE SECRET DES DIEUX !
N'Y TOUCHEZ PAS !
RESTEZ CACHÉS AU FOND DE LA GROTTE... ET À MON SIGNAL...
...INVESTISSEZ LE VILLAGE !
RÉVEILLEZ LE CLAN !!!
QU'ON SE PRÉPARE ! J'AI MAÎTRISÉ LY-NOOCK !
ELLE A TUÉ SCHTUCK !
ENFERMEZ-LA DANS LA CAGE !
LY-NOOCK A TUÉ NOTRE CHEF, COMME ELLE A TUÉ ARHALK ET NOS BRAVES !
C'EST UN DÉMON.. QUE NOUS DEVONS, SANS ATTENDRE IMMOLER !
AINSI LES DIEUX LÈVERONT LA MALÉDICTION QUI MENACE NOTRE CLAN !
NE L'ÉCOUTEZ PAS !... WA-RHOK VEUT ASSERVIR NOTRE CLAN ! IL ADORE DES DIEUX QUI NE SONT PAS LES NÔTRES !...
ENTENDEZ-LA ! CELLE QUI TUE NOS MEILLEURS CHASSEURS PAR DES FAÇONS DE SORCIÈRE... CELLE QUI SE PEINT LE VISAGE POUR MIEUX NOUS ENJÔLER ! ...UNE SIMPLE FEMME AGIT-ELLE AINSI ?!
WA-RHOK A RAISON ! À MORT !
À MORT !
LY-NOOCK EST UN ESPRIT DE LA NUIT ELLE DOIT REJOINDRE LES DÉMONS DE SON ESPÈCE ! QU'ELLE MEURE SANS LUMIÈRE !!
..ET QUE SON CORPS SOIT PRÉCIPITÉ DANS LA...
37

..PROFONDEUR DES TÉNÈBRES!
ÉCOUTEZ-MOI, GUERRIERS... LES DIEUX ONT DÉCIDÉ! JE VAIS GUIDER LE CLAN DÉSORMAIS! APRÈS AVOIR ÉTÉ LE SEUL QUI AIT PU VAINCRE LY-NOOCK ET SES POUVOIRS... JE SERAI ...
..VOTRE SORCIER ET VOTRE CHEF!
OUI! WA-RHOK EST GRAND!
OUI! WA-RHOK NOTRE CHEF!
WA-RHOK NOUS MENT!...LY-NOOCK VA MOURIR POUR RIEN!
TU AS RAISON, AMHIL, ELLE A TOUT FAIT POUR NOUS AIDER!
MELHIA... DANS LA HUTTE DE WA-RHOK... TU DOIS TROUVER QUELQUE CHOSE QUI POURRAIT LE TRAHIR!?!..
MAIS OUI! AMHIL! IL VA FAIRE SES INCANTATIONS.. J'AI JUSTE LE TEMPS AVANT QU'IL NE TRANCHE LA LIANE!!!
ÔOOH... ÔÔ DIEUX... JE SUIS VOTRE SERVITEUR! VOUS GUIDEZ MON BRAS! VOUS M'AVEZ DÉSIGNÉ POUR ÊTRE LE CHEF DE CES BRAVES... VOICI LY-NOOCK! C'EST NOTRE OFFRANDE!
ILS SONT TOUS FASCINÉS PAR WA-RHOK..ET LUI-MÊME EST TROP HEUREUX DE SACRIFIER LY-NOOCK... NUL NE FAIT ATTENTION À MOI!..
OUI... CELUI LÀ N'EST PAS UN DE NOS DIEUX!..
OH!.. DIEUX!.. LY-NOOCK AVAIT RAISON!
ET... WA-RHOK N'EST PAS UN DES NÔTRES!
IL EST LÀ POUR NOUS DÉTRUIRE!

38

GUERRIERS ! VOICI LE BREUVAGE DES DIEUX ! BUVEZ ! BUVEZ, MES BRAVES !
C'EST LA RÉCOMPENSE DU SACRIFICE DE LY-NOOCK !
VOUS ÊTES DE GRANDS GUERRIERS !! VOUS SEREZ AINSI LES MEILLEURS !
REMERCIONS LES DIEUX DE LEUR GÉNÉROSITÉ ET DE LEUR SAGESSE !
Ô DIEUX... DONNEZ DE LA FORCE ET DE LA VALEUR À NOTRE CLAN !
BUVEZ ! BUVEZ !
ET VOICI LY-NOOCK !.. ELLE EST LA PURETÉ DE NOS FEMELLES ! LA VOICI DÉPOUILLÉE DE SES DÉMONS !
ACCUEILLEZ-LA COMME LE PLUS GRAND DE NOS PRÉSENTS !
VOICI VOTRE DÛ.. ET TE V...
GRRRGG !
?!
NON NON C... C'EST IMPOSSIBLE... NON !
GRROAAAARRH !!!
LY-NOOCK !!! JE NE TE CRAINS PAS ! TUEUSE !!
YEEH !?
OOOH ! LE DIEU BHA-LAÄCK !
SCRAAK !
OOH ?
AAH ?

LY-NOOCK! JE NE SAIS PAS QUEL DÉMON T'HABITE... MAIS... TU VAS MOURIR!
GRRRRRAAORRR!
LES SCORW! À VOS ARMES... GUERRIERS!
NOUS AVONS ÉTÉ TRAHIS PAR WA-RHOK!
LES SCORW!
HAAAAAAAA...
OH... REGARDEZ... WA-RHOK!!
LES DIEUX NOUS ABANDONNENT! MALÉDICTION! BHA-LA'A'CK! OH BHA-LA'A'CK!
ILS ONT TUÉ WA-RHOK! EN AVANT SOYONS DIGNES DE LUI, MES...
FRROUUFF.
BRRROUMM!
MAIS... QUE?..
40

LA!.. LY-NOOCK! LY-NOOCK!
... ELLE A VAINCU WA-RHOK-LE-TRAITRE!
LY-NOOCK!?
REGARDEZ CETTE ARME, CELLE DE WA-RHOK! C'EST AVEC ÇA QU'IL A ÉGORGÉ NOS CHASSEURS!
CE N'EST PAS MOI QUE CE FOURBE A AFFRONTÉ... MAIS PEU IMPORTE!
...NOUS AVONS UN AUTRE COMBAT!
VOS HOMMES ONT ÉTÉ DROGUÉS... WA-RHOK NOUS A TOUS TROMPÉS!...
LES SCORW SONT LÀ POUR NOUS DÉTRUIRE ET NOUS ASSERVIR... C'EST À NOUS LES FEMMES DE COMBATTRE ET DE GAGNER NOTRE LIBERTÉ!!!
TOUTES AVEC MOI!!
NE LES LAISSONS PAS SE REPRENDRE!
CHASSONS CES CHIENS!
OUI! CHASSONS-LES DE NOTRE TERRITOIRE!
41

AAAH!
COURAGE MES SOEURS! NE VOUS LAISSEZ PAS DOMINER!
NOUS NE SERONS JAMAIS LEURS ESCLAVES! NON!
HARG!
FUYONS! ELLES SONT PIRES QUE LEURS GUERRIERS!
WA-RHOK EST MORT! BHA-LAACK NOUS A ABANDONNÉS! FUYONS!..
DES FURIES... CE SONT DES FURIES!
TUEZ CETTE SORCIÈRE!
C'EST ELLE QUI A TUÉ WA-RHOK!
TON WA-RHOK S'EXPLIQUE AVEC NOS DIEUX A' PRÉSENT!
NOTRE CLAN A TOUT PERDU!..
NOTRE DIEU... NOTRE SORCIER!..
TOI, VIEILLARD TU VAS PAYER POUR TOUT ÇA!!!
YAAAH!
LY-NOOCK! LY-NOOCK.. UDHAR...IL..IL FAUT L'AIDER.. IL..
IL A VOULU MA MORT, PLUS QUE LES AUTRES...
...C'ÉTAIT UN... BON CHEF... AVANT QUE... C'EST MON COMPAGNON DE TOUJOURS... HO.. LY-NOOCK... POUR ARHALK... PAR PITIÉ!!

42

HAAARCH!... NON... PAS ÇA!
ILS... ILS N'ONT PAS VOULU CETTE ISSUE... C'EST IMPOSSIBLE!
J'AI LA CONFIANCE DES DIEUX!... J'AI PASSÉ UN PACTE AVEC EUX!... JE...
OH! BHA... LAACK...
UN PACTE, DIS-TU!?! MAIS, UN PACTE OÙ JE DEVAIS RECEVOIR LY-NOOCK!..
...UN PACTE QUI DEVAIT ME LIVRER UNE JEUNE VIERGE... COMME UN VOLUPTUEUX FRUIT!...
QUE J'AURAIS DÉVORÉ!
BHA-LAA'CK!... JE... JE N'AI PAS FINI!... ATTENDS, JE... N
ATTENDRE!! TU OSES DONNER DES ORDRES AUX DIEUX!
PAUVRE MORTEL! AU LIEU D'UN JEUNE CORPS DE FEMME, SOUPLE ET CHAUD... TU M'OFFRES TA VIEILLE CARCASSE!
PARDONNE-MOI... GRAND BHA-LAACK... JE VAIS T'OFFRIR LY-NOOCK... COMME JE L'AI PROMIS!..
VANITÉS! VOUS ÊTES TOUS SEMBLABLES LES MORTELS... VOTRE ORGUEIL ET VOS PRÉSOMPTIONS VOUS AVEUGLENT!.. TU AS MANQUÉ À TA TÂCHE, WA-RHOK!. TU ME DÉÇOIS!!
NON... NON... JE PEUX ENCORE... J'AI... J'AI DES POUVOIRS JE...
TU N'AS PLUS RIEN! TU N'ES PLUS RIEN!.. À MOI DE PRENDRE CE QUI M'APPARTIENT!
PITIÉ!..
NON! NON... PITIÉ!
HOAAORGH!
AH! AH! AH! AH!
PITIÉ EST UN MOT INCONNU POUR MOI! TON COEUR EST UN BIEN PIÈTRE TROPHÉE!
MAIS JE N'EN AI PAS TERMINÉ AVEC LY-NOOCK
JE SAIS OÙ LA RETROUVER... J'AI LE TEMPS! HA! HA! HA! HA! HA! HA!
43

OOUHAARC !!
TU AS SAUVE LE CLAN LY-NOOCK!
ET.. PEU IMPORTE QUI TU ES VRAIMENT...
TU NOUS AS OUVERT LES YEUX !..
TU NOUS AS TOUS ET TOUTES DÉLIVRÉS... LY-NOOCK !...
MAIS UDHAR !..
TU ES UNE BONNE COMPAGNE, AMHIL !... RASSURE-TOI... UDHAR VIVRA !..
SA... BLESSURE N'EST PAS SI GRAVE !
MAIS.. QUI VA SAVOIR TROUVER LES PLANTES POUR LE SOIGNER...
OUI...MAIS.. WA-RHOK N'EST PLUS ET LUI...CONNAISSAIT LES SECRETS DE LA FORÊT !...
IL N'ÉTAIT PAS LE SEUL !... MELHIA AUSSI A LA CONNAISSANCE DES PLANTES ET DE LEURS EFFETS ET BIENFAITS!
ELLE NE L'A JAMAIS DIT, CAR ELLE CRAIGNAIT ET AVAIT TROP PEUR DE SCHTUCK !..
MELHIA SAURA... ET SES POTIONS ET PHILTRES SERONT MIEUX UTILISÉS QUE NE LE FAISAIT CE FOURBE DE WA-RHOK!
IL EST TEMPS DE RETROUVER VOS ANCIENS RITES...CEUX QUE VOUS FAISIEZ AVEC DIGNITÉ, AVANT L'ARRIVÉE DE "WA-RHOK-LE-TRAITRE"!
CEUX QUI FAISAIENT DE VOUS ET DE VOS COMPAGNES DES ÊTRES RESPECTÉS !!
44

J'AI ÉTÉ STUPIDE, LY-NOOCK ! WA-RHOK, A SU NOUS CONVAINCRE... J'AI ÉTÉ "ENDORMI" COMME LES AUTRES HA...
HEUREUSEMENT... CETTE LANCE DE SCORW NE M'A QUE BLESSÉ !
D'AUTRES ONT EU MOINS DE CHANCE QUE TOI, UDHAR...
LES DIEUX ACCUEILLENT BEAUCOUP D'HOMMES ET DE FEMMES CE SOIR !...
OUI... LES HOMMES ONT ÉTÉ FOUS DE SUIVRE LES MENSONGES DE CE FOURBE ! LES FEMMES DE NOTRE CLAN ONT BEAUCOUP TROP SOUFFERT PENDANT CES LONGS MOIS !
MELHIA VA DEVENIR UNE EXCELLENTE SERVANTE DE NOS DIEUX ET... SON SAVOIR EST BON...
...POUR LE CLAN !
AH ! AH ! AH !... QUELLE DÉRISION... WA-RHOK REMPLACÉ PAR UNE "FEMELLE"... CELLES QU'IL VOULAIT SOUMETTRE L'ONT VAINCU ! ET ONT "MATÉ" LES HOMMES DU CLAN !
LE SOLEIL VA ÉCLAIRER DES JOURS NOUVEAUX !
UDHAR SAURA DÉSIGNER UN BON ET GRAND CHEF, PARMI LES JEUNES CHASSEURS...
QUE... VEUX-TU DIRE ? TU NE...
SIMPLEMENT QUE TOUT N'EST PAS ENCORE RÉSOLU... BEAUCOUP DE QUESTIONS BOUSCULENT L'ESPRIT DE LY-NOOCK... ET PERSONNE NE PEUT TROUVER LES RÉPONSES À SA PLACE !
OUI !...
... CES JOURS SOMBRES M'ONT OUVERT BEAUCOUP DE CHEMINS... ET JE SENS QU'AU BOUT DE CERTAINS... JE TROUVERAI CE QUE JE CHERCHE !...
MA VRAIE TRIBU... ET CEUX QUI SONT MES VRAIS PARENTS !
45

JE TE SOUHAITE SURTOUT DE TROUVER LA PAIX... ET UNE VRAIE FAMILLE, LY-NOOCK !
TU ES... PROTÉGÉE SOEUR-SORCIÈRE...
..ET SALUE LA PANTHÈRE POUR MOI
HEU... QUELLE PANTHÈRE ?
AH !... OUI.. SI JE LA RENCONTRE UN JOUR !
LA VOLONTÉ DES DIEUX EST ABSOLUE... POURTANT QUELQUE PART DANS LE CIEL, JE SAIS QUE CERTAINS ONT CHOISI DE ME GUIDER !..
EN CES TEMPS RECULÉS ET SAUVAGES DE L'AGE BRONZE OÙ LES DIEUX MENAIENT LES HOMMES...
UNE JEUNE FEMME ET UN FAUVE PRENAIENT SANS LE SAVOIR LA MÊME ROUTE POUR...
ÉCRIRE UNE DES LÉGENDES LES PLUS BELLES ET LES PLUS DURES DE LA MYTHOLOGIE.
FIN DU PREMIER EPISODE
46